ALBUMINI

Il Sole e il Girasole

NICOLETTA COSTA

EMME EDIZIONI

Guarda bene... guarda con attenzione, riesci a vedere il prato dei girasoli?

I fratelli girasoli vivono sereni sul prato
da tanto tempo. Sono gialli e tondi e sorridono
sempre, allegri e ottimisti...

Tutti sono allegri, tutti tranne uno.
C'è un girasole musone che non parla
con nessuno e non sorride mai.

Ogni mattina i girasoli, appena svegli, fanno colazione.
Sono molto chiassosi: parlano con la bocca piena
e si sbrodolano le foglie con il caffellatte.
Purtroppo gli allegri girasoli non conoscono
le buone maniere...

CHE ORRORE ... NON LI GUARDO NEANCHE ...

I girasoli passano il tempo chiacchierando rumorosamente dalla mattina alla sera. Si raccontano l'un l'altro i sogni fatti durante la notte. Raccontano sciocche barzellette agli uccellini e ridono per un nonnulla...

Ma il povero girasole musone non ride mai.

Quando non fa troppo caldo, i girasoli giocano a palla.

È una palla buffa fatta di foglie. Se cade non rimbalza...
è proprio scomoda, ma loro si divertono tanto.

Di notte, quando ne hanno voglia, i girasoli cantano in coro. Sono talmente stonati che dopo un po' la luna, che pure di solito ama far baldoria, è costretta a farli smettere...

BASTA CANTARE ANDATE A DORMIRE!
MI È VENUTO MAL DI TESTA

Un giorno, di mattina presto, il sole si sveglia e guarda giú, vede il povero girasole disperato e gli viene una bellissima idea. Chiama subito tutti gli uccellini del prato perché, per realizzare la sua trovata, ha bisogno del loro aiuto.

NON NE POSSO PIÙ

– Per favore, portate quel poveretto su da me... ha bisogno di cambiare aria, – dice il sole agli uccellini.

Tutti gli uccellini sono d'accordo:
il girasole musone ha proprio bisogno
di svagarsi un po'...

Cosí gli uccellini afferrano delicatamente i petali del girasole con i loro piccoli becchi e lo sollevano pian piano, su in alto, sempre piú in alto, verso le nuvole...

Il povero girasole musone è un po' preoccupato.

Ed ecco che il girasole musone, con l'aiuto degli uccellini, arriva finalmente a casa del sole.
Il sole è molto contento.

Il sole offre all’ospite girasole una buona tazza di tè caldo per fargli coraggio, mentre il girasole, comodamente seduto su una nuvola divano, si guarda intorno sbalordito.

Quando poi, del tutto inaspettatamente, una stella si toglie il grembiule e comincia a suonare il violino, ecco che, miracolo, il girasole musone improvvisamente sorride.

Il girasole si diverte come non mai. Purtroppo, però, sul piú bello arriva la luna...

Come tutti sanno, la luna è molto severa: dice al girasole, con la sua vociona, che è molto tardi e che i suoi fratelli stanno in pensiero... gli dice, insomma, che deve salutare, ringraziare e tornare subito sul prato.

Non resta altro che obbedire. Il sole e il girasole, che prima era triste e ora è cosí allegro, si salutano a malincuore, perché sono già diventati molto amici.

GRAZIE DI TUTTO ... È STATO BELLO

SEMBRA TANTO CONTENTO

Il girasole arriva sul prato dai suoi fratelli. Si è talmente divertito con il sole quel pomeriggio che continua a sorridere. È diventato un girasole allegro come tutti gli altri!

E il sole? Il sole pensieroso si è messo a letto (è un poco offeso con la luna...). Gli uccellini gli leggono una storia per distrarlo. Ma il sole non è triste, neanche un poco, perché sa bene di aver trovato un nuovo amico.

Progetto grafico di Arianna Osti

ISBN 978-88-6714-644-4

www.edizioniel.com

Finito di stampare nel mese di febbraio 2017
presso G. Canale & C. S.p.A., Borgaro Torinese (To)